CLAVECIN

CLAVECIN

PAR

FAGUS

F

PARIS, A LA CITÉ DES LIVRES

A EDGAR MALFÈRE
ET
A LA MÉMOIRE
DE
PIERRE QUILLARD

AU LECTEUR

Celui qui fait profession de poésie doit s'efforcer dans tous les genres, apportant même soin au madrigal, au sonnet sans défaut, qu'à construire un long poème. C'est la meilleure méthode, sinon la seule, pour se rendre maître du plus sublime des instruments.

Les aînés donnent l'exemple : Racine ne dédaigna pas l'épigramme, ni Victor Hugo le calembour ; Virgile chantait le Moucheron, et le divin Homère le Combat des Rats et des Grenouilles, dit-on.

BALLADES

PRIÈRE A LA TRÈS SAINTE-VIERGE

Pour M. l'abbé Mollière, curé de Pringé.

— Reine des cieux, régente terrienne,
Empérière aux infernaux palus,
Je meurs de soif au bord de la fontaine
D'où pleut le sang de mon Seigneur Jésus.
Que fus-je ici que ce trouble Fagus
Qui peu valut mais souffert a ses peines ?
Accordez lui de joindre vos élus :
Je meurs de soif au bord de la fontaine.

François Villon et son frère Verlaine
Ont péché certe autant que moi ou plus,
Vous les sauviez, ô Vierge souveraine :
Veuillez sauver le serviteur Fagus.
Mon fils aimé, ma femme ne sont plus,
Mais je sais bien qu'aux cieux ils interviennent,
Vierge, de Vous soient leurs voix entendues :
Je meurs de soif au bord de la fontaine.

Par devant Vous j'invoque dans ma peine
Sœur Mélanie à qui parla Jésus,
Et Bernadette à qui sous la fontaine
Par dix-huit fois Vous êtes apparue,
Et vous, Thérèse-de-l'Enfant Jésus
Qui de mon fils au ciel êtes marraine :
Je vous en prie, rendez-nous absolus :
Je meurs de soif au bord de la fontaine.

Reine des cieux, régente terrienne,
Ai-je tout dit ? Je ne vois rien de plus,
Que vous prier de redire à Jésus,
Qui fut si bon à la Samaritaine :
Je meurs de soif au bord de la fontaine.

BALLADE VOTIVE A JEAN-MARC BERNARD

— Au matin d'or qu'éveille à peine un vent,
Les clairs rideaux de peupliers s'appellent;
Le Rhône énorme emporte en tournoyant
Les premiers feux et les premiers bruits d'ailes,
Et vers la rive où bleuit l'asphodèle,
Un jeune dieu levé sur l'horizon
Retient là-haut une étoile nouvelle :
Jean-Marc Bernard, de Saint-Rambert d'Albon.

— Sous la tonnelle aux grappes d'or mouvant,
Villon, Ronsard et Platon s'interpellent
En travestis d'inlassés bons vivants,
Quand, dispersant la joyeuse querelle,
Sa voix à lui s'élève comme une aile :
L'ode a jailli ! tous rediront ce nom
Saisi vivant par Minerve éternelle :
Jean-Marc Bernard, de Saint-Rambert d'Albon.

— Heure ni jour, l'enfer se soulevant,
L'horreur, le sang, et des spectres s'appellent,
Une prière à Dieu, puis, dans l'instant,
Un coup affreux : la boue et la cervelle,
Les os noircis, on ramasse à la pelle,
De croix pas même : où la mettre, à quoi bon?
La mort du brave a pris sous sa tutelle
Jean-Marc Bernard, de Saint-Rambert d'Albon.

Épitaphe en Envoi

— Seigneur Jésus, Jean-Marc fut doux et bon ;
A sa patrie, à son prince fidèle,
Chantant pour eux il vint mourir pour elle :
Veuille accueillir au Paradis profond
Jean-Marc Bernard, de Saint-Rambert d'Albon!

BALLADE DU PAUVRE BOUGRE

Dans un grenier qu'on est bien à vingt ans,
Dans son taudis qu'on est triste à quarante !
Contre mon poële au cœur agonisant
Je viens blottir ma chair lasse et dolente :
Dans un grenier qu'on est bien à vingt ans !
Dehors il neige à grand foison et vente,
Et bat mon cœur à l'unisson du temps ;
Dans un grenier qu'on est bien à vingt ans,
Dans son taudis qu'on est triste à quarante !

Mon fils aîné sous la neige sifflante
Trotte en soufflant dans ses doigts et toussant ;
Mon plus jeunet que la fièvre tourmente
Dans son lit froid délire et se lamente :
Dans un grenier qu'on est bien à vingt ans !

Et toi ma femme, oh si douce et vaillante,
Malade aussi, tu vas nous consolant :
Dans un grenier qu'on est bien à vingt ans,
Dans son taudis qu'on est triste à quarante !

O Toi de qui sont les gueux en attente,
Seigneur Jésus, Seigneur des pauvres gens,
De Toi jadis était notre âme absente,
Jeunesse est vaine et de tout ignorante :
Dans un grenier qu'on est bien à vingt ans !
Mais l'âge arrive, on pleure et se lamente,
On Te recherche, hélas ! il n'est plus temps ;
Dans un grenier qu'on est bien à vingt ans,
Dans son taudis qu'on est triste à quarante !

Envoi

— Seigneur Jésus, dans la nue foudroyante
Quand Tu viendras au renouveau des temps,
Qu'à nos erreurs soit Ta bonté clémente,
Tant avons-nous souffert en Ton attente :
Prends en pitié tous Tes pauvres enfants !

SONNETS

SILENCIEUSE

J'aurais voulu, je veux encore
*U*nir à votre nom mon nom,
*L*e dur destin qui nous dévore
*I*nsiste pour répondre : Non.

*E*n vain ! je me veux faire encore
*T*enace plus que le démon,
*T*rès chère amie, et même amphore
*E*nclot votre nom et mon nom.

*T*out nous unit, tout nous sépare,
*H*é quoi, n'est-ce pas mieux ainsi ?
*U*ne telle aventure et rare

A la fois que si belle aussi :
*N*ulle étreinte, rien qui dépare
*E*n rien le compagnon choisi !

1922.

INVENTION DU SONNET

A Mademoiselle France Mathieu.

— Aux soirs d'or où les dieux redécouvrant leurs frères
Multipliaient sur terre et se mêlaient à nous,
Aux éphémères beaux, harmonieux et doux,
Ils léguèrent la lyre aux quatre cordes paires ;

Quand Terpandre eut trouvé les trois voix septénaires,
Nos maîtres en leur cœur se sentirent jaloux :
Filleuls exhérédés soudain réveillés loups,
Nous maudîmes la lyre et les dieux émigrèrent ;

Deux revinrent ; des fibres d'un grand cœur saignant,
Tressèrent chacun une lyre et les joignant
— Pétrarque d'Arezzole et Dante de Florence —

Pour qu'à nouveau l'on pût tendre sur l'univers
Une arche de beauté, de deuil et d'espérance,
Le sonnet fils des dieux ourdit deux fois sept vers.

CONFECTION SUR MESURE

I

— Pour résoudre l'obscur sonnet
Qui fermente en ton mésentère
De toi suffira-t-il de traire
Deux quatrains, deux fois un tercet

Selon le dessin qu'en traçait
Boileau monté sur Despautère
(Six, et sept : il est salutaire
De compter : huit) voyez, ce n'est

Rien de plus, et tel le souhaite
(Neuf, et dix) le maître poète
Avec le maître menuisier ;

On assemble, et cheville et rogne,
Et Minerve au fond du panier
En pénitence grogne, grogne.

II

— Sertir en quatorze vers
Selon des règles concises
Aux prescriptions précises
Le discobole univers,

Revers trouble, absurde avers,
Esthétiques indécises,
Éthiques sur rien assises,
Érotiques à l'envers,

Toutes aurores qu'on lève,
Et toutes bulles qui crèvent,
Démons qu'on ne sait bannir,

Tout ce qui nous fait maudire
La vie et la vient bénir,
Tout ce qu'un sonnet doit dire.

III

— Gloire humaine offerte aux vers,
Calme extase des églises,
Chant des gouffres, chœur des brises,
Tout ce que l'orbe univers

Roule, angélique ou pervers,
Neige au cul des Cydalises,
Aubes en fleur, ailes grises,
L'empreindre en ce rien de vers,

Cœurs déclos, âmes fermées,
Cieux qui s'ouvrent, joies, fumées,
Ce qui meurt, ce qui renaît,

Tout espoir et toute envie,
C'est beaucoup pour une vie,
C'est assez pour un sonnet.

SUR UN PIED DANSE...

— Entends comme brame...

— Mon	*ou bien :*	— Brame
Ame		Son
Brame		Bon
Son		Drame
Bon		Mon
Drame :		Ame :
Trame		Trame
Dont		Dont
Mène		Ma
La		Verve
Laine		Serve
Ma		La
Verve		Laine
Serve !		Mène !

ou encore :

Brame
Mon âme
Son bon drame :
Trame dont mène
La laine
Ma verve
Serve. *etc...*

PRINCIPES

— Il me semble pourtant que j'omets quelque chose,
Quoi, je ne sais pas dire, et pourtant je sens bien,
Ce recueil-là n'est pas complet : quelle est la chose
Qui lui manque pour être bien, tout à fait bien?

Malheureux, tu n'as point promulgué ta technique!
Voilà l'âpre hiatus, et voilà le souci
Qui ce cœur dévasta! Seulement, de technique,
Il faut donc l'avouer, je n'eus jamais souci!

Il urge cependant que je m'en déterre une :
Tant de héros jamais n'ayant produit rien plus
N'en sont héros que plus! je vais en bâtir une,
Fais-lui, Lecteur, accueil : quoi te faut-il de plus?

TECHNIQUE

—Tu veux naître Poète, eh! gars? baise ta plume,
Tes brosses, burin, lyre ou pipeaux, puis écris,
Vers carrés, biscornus, vers, proses; sois tout gris
Ou tout resplendissant; mastique, fange et brume

Ou ravage l'azur : mais que ton cerveau fume
D'un intérieur feu ! trotte avec les esprits
Bien peignés, ou bien sois un ange malappris,
Comme l'Enfant Sigfried bête et dieu, fends l'enclume,

Mais comme lui sors-nous ton glaive de géant :
Et le reste n'est pas, et le reste est néant,
Et l'art sans rage aux reins, c'est morne apostasie;

Entends ce seul avis, — il semble insane — que :
L'unique arcane pour fleurir en Poésie,
C'est se sentir Poète, et le reste un beau jeu!

ÉPITAPHE

Passant : j'ai fait *Psyché,* puisant là ma substance,
Anthinéa, L'Étang de Berre, Inscriptions,
Et *Le Chemin de Paradis,* pour l'excellence
Du parler précellant sur toutes nations.

Prospecteur de *l'Avenir de l'Intelligence,*
J'ai scruté son présent, ses délabrés passés :
Les Amants de Venise abrutis de démence
M'ont ouvert tout un siècle en ses cerveaux blessés.

Tel mon contemporain le bon poète Eschyle,
Passant, je tais ceci. Mais, sur le monument
Qui me résumera contre un mur de ma ville,

Il me plairait que fût gravé tout simplement,
Sans la palme qu'on voit le mois d'après flétrie :
Ci-gît Charles Maurras, il servit sa Patrie.

RYTHMES
ET
CHANSONS

DOUBLE RONDEAU FLEURI

Muse évadons-nous aux campagnes folles
Où nous engloutit une herbe odorante,
Sentir nous bercer, immense auréole,
Ton souffle, Nature, haleine géante
      Pour qui j'étais né.

J'étais né pour être encensé des roses.

J'étais né pour être encensé des roses
Par Mai balancées avec harmonie :
Pourquoi m'enliser en d'abjectes proses
D'où toute syntaxe honnête est bannie :
      Pour être encensé ?

J'étais né pour être encensé des roses !

Quoi, polémiquer à même des choses
Pour qui j'eus toujours nausée infinie,
O prosopopée ! O hypotypose !

La prosopopée a tordu ses ailes
Et l'hypotypose a crevé ses yeux ;
Nous avons perdu la face des dieux
Et votre reflet, clartés immortelles :
La prosopopée a tordu ses ailes.

Sanglote, épopée ; hurlez, villanelles.
Trompette, fends-toi ; fleur, fais tes adieux :
Tout est fade et gris, tout est odieux :
La prosopopée a tordu ses ailes.

Immergeons en chœur aux boues actuelles :
Nous avons perdu l'oreille des dieux
Et votre reflet, clartés immortelles,
Trompette, pipeaux, à vous tous adieu :

La prosopopée a tordu ses ailes
Et l'hypotypose a crevé ses yeux.

NOEL BRETON

Sur l'air d'Anne de Bretagne

A la mémoire de mon fils Georges

C'est Marie, reine des vagues   } *bis*
    Et des goëmons,
Qui regagne sa Bretagne :
Vivent Marie et sainte Anne,
    Ah! Ah! Ah!
Ave, ave Maria!

Saint Corentin l'accompagne   } *bis*
    Et saint Yve aussi.
Ils cherchent par les campagnes,
Vivent Marie et sainte Anne,
    Ah! Ah! Ah!
Jésus qu'on dit près d'ici.

Ils ont fait toute la terre
    Et n'ont rien trouvé,   } *bis*
Ils ne savent plus que faire :
Où l'a-t-on caché, ma mère,
    Ah ! Ah ! Ah !
Marie se met à pleurer.

Tous les maudits de la terre,   } *bis*
    Tous les mécréants,
Nous poursuivent de leur haine,
Nous et tous ceux qui nous aiment,
    Ah ! Ah ! Ah !
Qu'ont-ils fait de mon enfant ?

— Ma fille, lui dit sainte Anne, } *bis*
    Encore essayons :
Nous revoilà-z-en Bretagne,
Vivent Marie et sainte Anne,
    Ah ! Ah ! Ah !
Où c'est tout des bons garçons.

Entrent dans une cabane,   } *bis*
    Chez des paysans :
— Que demandez-vous, Madame ?

Vivent Marie et sainte Anne,
        Ah! Ah! Ah!
Vous êtes bien fatiguée.

Acceptez un coup de cidre   } *bis*
        Qu'on tire pour vous,
Dites ce qui vous amène,
Contez-nous vite vos peines,
        Ah! Ah! Ah!
Et d'abord asseyez-vous.

— Je cherche mon fils, Madame, } *bis*
        C'est l'Enfant Jésus;
Les maudits me le volèrent
Et c'est moi qui suis sa mère,
        Ah! Ah! Ah!
Et nous ne le trouvons plus.

— Regardez-le qui sommeille   } *bis*
        Contre notre fils,
Il sommeille comme un ange,
Et j'ai taillé pour son lange,
        Ah! Ah! Ah!
Ma robe de mariée.

Son lit est fait d'herbe fraîche } *bis*
    Et genêt fleuri,
Le bœuf et l'âne le lèchent
Tout comme au temps de la crèche,
    Ah! Ah! Ah!
Le chien et le chat aussi.

Jésus dans l'instant s'éveille, } *bis*
    A tous il sourit;
— Bonjour mère, et vous, sainte Anne,
Et vous l'hôte, et vous, Madame,
    Ah! Ah! Ah!
Que la paix soit avec vous!

C'est vraiment grande merveille } *bis*
    Qu'enfant si petit
Parle avec tant de sagesse,
Car pour faire politesse,
    Ah! Ah! Ah!
C'est en breton qu'il parla.

— Je monte revoir mon père } *bis*
    Au ciel des élus;
Pour vous que pourrons-nous faire,

Parlez-en donc à ma mère,
        Ah! Ah! Ah!
Qui m'avez si bien reçu?

— Seigneur, les gens de Bretagne } *bis*
        Ne demandent rien,
Qu'être chez eux en Bretagne
Vivent Marie et sainte Anne,
        Ah! Ah! Ah!
Et le droit d'être chrétiens.

— Mes amis, dit l'Enfant Juste, } *bis*
        C'est très bien parlé;
A vos droits si l'on y touche,
Prenez vos fusils, vos fourches,
        Ah! Ah! Ah!
Je serai-z-à vos côtés.

Et je vous confie ma mère } *bis*
        Pour me la garder,
Tout le temps que sur la terre
— Vivent Jésus et sa mère,
        Ah! Ah! Ah!
Il lui plaira de rester.

Moi, le ciel je le regagne }
        Et vous laisse en don   } *bis*
Notre-Dame à la Bretagne,
Vivent Marie et sainte Anne,
        Ah! Ah! Ah!
Et la Bretagne aux Bretons!

Mois de Marie 1924.

RYTHMES

I. Haï-Kaï triple

— Une cloche tinte,
Le jour lutte, l'ombre monte,
Tout sombre, tout sombre.

Quelle cloche tinte?
Oh mon cœur, il bat si fort :
Quoi donc va mourir?

La nuit dans mon cœur
Et la nuit sur les campagnes;
Rien ne tinte plus.

II. Pantoum = Haï-Kaï

— Il pleure dans mon cœur...
— Il pleut doucement sur la ville...
— Hélas, quelle langueur!

— Sous une averse de lumière
La ville bout dans sa poussière...
— Tout sombre, tout sombre...

— *Mon cœur émigre, où, le sait-il ?*
Vers tout delta d'or et d'avril...
                    — Une cloche tinte...

— Dans le ciel de braise et de cendre
Je vois l'air cuit monter, descendre...
                    — Le jour lutte, l'ombre monte...

— *Loin du noir soleil dessécheur,*
Me dissoudre, être une fraîcheur ?...
                    — Tout sombre, tout sombre...

— Des nues de cuivre s'accumulent
Ou l'électricité circule...
                    — Une cloche tinte...

— *Dans l eau, fébrile et d'or, mouiller*
Mes bras : comme un chien patouiller !
                    — C'est mon cœur qui bat si fort...

— Le ciel est plomb sur plomb, il pèse,
Tout rissole, trombe et fournaise...
                    — Qui donc va mourir ?

— M'endormir, brute et bienheureux,
Au revers d'un vieux chemin creux...
                    — La nuit en mon cœur...

— L'ORAGE ÉCLATE, CROULE, ÉCUME,
BAT L'UNIVERS COMME UNE ENCLUME...
                    — Et l'ombre dans les campagnes...

— Dans la campagne sans un bruit,
Entendre s'approcher la nuit,
            Mourir ainsi...
                    — Rien ne tinte plus...

— SOUDAIN L'ARC-EN-CIEL,
L'ARC-EN-CIEL, VOICI :
O, MERCI, MON DIEU !

CHANSON FARCIE A LA FAÇON
DE NOS PÈRES

— *Lætabundus!*
Tant que Français France aura,
Dom Pinard on chantera :
Alleluia!

Laudamus qui bien en boit,
S'il est tel comme il se doit :
Res miranda!

Buvez pour bien être en point
Droit et sec : la nuit est loin :
Sol de stella!

Buvez bien et buvez beau,
Du toujours même tonneau,
Semper clara!

Tant et que n'en reste rien,
Vous le vôtre et moi le mien,
        Pari forma!

Béni soit le bon copain
Qu'en régale son voisin,
        Carne sumpta,

Bénis Brennus et Noé
Par qui dom Pinard est né :
        Alleluia!

CANZONETTE DES SIRÈNES

D'APRÈS GABRIEL D'ANNUNZIO

— Sept sœurs, nous étions sept sœurs
Qui se miraient aux fontaines ;
Sept sœurs, nous étions sept sœurs,
Et belles comme des cœurs.

> *Entendez-vous les sirènes,*
> *Les entendez-vous, mes sœurs?*

— « Fleur d'ajonc ne fait farine,
Mûre des bois ne fait vin,
Ni fil d'herbe toile fine » :
Mais la mère parle en vain.

> *Nous étions sur la colline*
> *Belles comme le matin.*

La première, filandière,
Lui fallait des fuseaux d'or;
La seconde, tissandière,
Lui fallait navettes d'or.

Nous étions à la rivière
Belles comme des trésors.

La troisième était cousette :
Ne voulait qu'aiguilles d'or;
La quatrième, soubrette,
Voulait table à coupes d'or.

Et nous étions sur l'herbette
Belles comme des fruits d'or.

La cinquième, la dormeuse,
Voulait des courtines d'or;
La sixième, la rêveuse,
Ne rêvait que songes d'or.

Nous étions toutes joyeuses,
Belles comme une aube d'or.

Mais la dernière qui chante,
Chante rien que pour chanter,
Mais la dernière qui chante,
Elle n'a rien demandé.

> *Nous nous mirions en l'attente*
> *De nos jeunes destinées.*

— « Fleur d'ajonc ne fait farine,
Mûre des bois ne fait vin,
Ni fil d'herbe toile fine » :
Mais la mère parle en vain.

> *Et les sirènes marines*
> *Nous chantaient notre destin.*

La première file, file,
Tord ses fuseaux et son cœur;
La seconde tisse, tisse
Une toile de douleur.

> *Et la Mort tire l'aiguille,*
> *Mauvais Sort est le tailleur.*

La troisième, sa chemise
Se coud du fil de la Mort.
Pour la quatrième est mise
La table de Mauvais Sort.

Mauvais Sort est dans les coupes,
Et la verseuse est la Mort.

La cinquième dort et plonge
Aux suaires de la Mort,
Et la sixième elle songe
Entre les bras de la Mort.

La mère que le deuil ronge
Pleure sur le mauvais sort.

Mais la dernière qui chante,
Chante rien que pour chanter,
Mais la dernière qui chante
A la belle destinée :

Les Sirènes bruissantes
En leurs bras l'ont emportée.

Et la mer et les sirènes
La voulurent pour leur sœur,
Dans leurs bras elles l'emmènent,
Et l'entraînent dans le chœur :

Nous étions à la fontaine,
Belles, nous étions sept sœurs.

CHANSON DU CHÈVREFEUILLE

D'APRÈS MARIE DE FRANCE, CHRÉTIEN DE TROYES,
JOSEPH BÉDIER, PHILÉAS LEBESGUE, ET
AUTRES JONGLEURS INCLYTES.

A Mademoiselle Marie-Madeleine Martineau.

— La chanson du Chèvrefeuille,
Laissez-moi vous la chanter.
Bouche à bouche on la recueille,
Ainsi me l'a-t-on contée.

> — *Chèvrefeuille, chèvrefeuille,*
> *Que de pleurs tu fis couler!*

Tristan et Yseult la reine,
Je vous veux dire comment
Ils connurent joie et peine
Pour tant triste dénouement.

— Marjolaine, marjolaine,
Tant de peine ont les amants!

Ils se virent, ils s'aimèrent,
Ensemble devaient finir.
Le roi Mark en sa colère
Les voudra faire mourir.

— Que rosisse la bruyère,
C'est qu'hiver veut revenir.

Pour sauver sa souveraine,
Tristan s'enfuit de la cour;
Retourne aux landes lointaines
Où jadis a vu le jour.

— Romarin, sauge et verveine,
Gardez-nous du mal d'amour!

Se languit toute une année,
D'amour se meurt lentement,
N'en soyez pas étonnée :
Amour est deuil et tourment.

> *— Et la rose au matin née*
> *Se fane au jour finissant.*

S'en revient en Cornouailles
Là où tient le roi sa cour,
Tant triste qu'il en défaille,
Se cache aux bois d'alentour.

> *— Paille et foin et foin sur paille,*
> *C'est sa litière d'amour.*

Tristan çà et là s'abrite,
Plus ne sort que nuit tombant.
Chez les paysans il gîte,
Vit avec les pauvres gens.

> *— Épandez la marguerite*
> *Et les lys d'or et d'argent.*

— Tristan savez-vous nouvelles?
On attend joyeux déduit,
A Pentecôte prochaine,
Barons seront réunis.

> — *Ravenelles, ravenelles,*
> *Vous verrai-je refleuries?*

Seront là le roi de France
Et le duc d'Andalousie,
Cent vassaux, dix mille lances,
Verrons notre reine aussi.

> — *La rose et les lys de France,*
> *Genêts de Bretagne ici.*

Tristan à ces mots tressaille,
A la forêt il s'en vint :
Verge de coudrette il taille
Au coudrier du chemin.

> — *Grain d'avoine, brin de paille,*
> *Qui te reverra demain?*

Son nom grave sur la branche
Du tranchant de son couteau :
Sur la coudriette blanche,
Yseult le verra tantôt.

> *— Mais qui verra la pervenche*
> *Rebleuir au mai nouveau?*

Quand l'apercevra la reine,
Saura là qu'est son ami.
Elle comprendra sans peine
Que sans elle plus ne vit.

> *Liserons des haies, troëne,*
> *Que de peine aux cœurs amis!*

Tel un chèvrefeuille souple
A sa coudrette enlacé,
Tant que forment un seul couple,
Ensemble peuvent durer.

> *— Et violettes vont en troupe,*
> *En troupe bluets d'été.*

Mais qu'on les isole et cueille,
Chacun meurt de son côté,
Et se meurt le chèvrefeuille,
Et se meurt le coudrier.

> — *Chèvrefeuille, chèvrefeuille,*
> *Que de pleurs vas-tu coûter!*

O pure fleur de moi-même,
Belle amie ainsi de nous :
Vous que j'aime autant qu'on aime,
Vous sans moi ni moi sans vous.

> — *Chèvrefeuille est notre emblème,*
> *Et ce soir où serons-nous?*

La reine en forêt chevauche,
Y voit deux coudriers blancs;
Un est à droite, un à gauche,
A gauche elle a lu : TRISTAN.

> — *La Mort fauche, fauche, fauche,*
> *Épis mûrs et blés naissants.*

Son cœur tremble et se transporte
A voir un tel nom écrit,
Elle ordonne à son escorte :
— Prenons le repos ici.

> — *Quand la coudriette est morte,*
> *Chèvrefeuille il meurt aussi.*

On obéit, on s'empresse,
Et Brangaine au même instant
S'en vient dire à sa maîtresse :
— Ici près j'ai vu Tristan.

> *Fleurs des champs l'amour vous tresse,*
> *Et vous dessèche à l'instant.*

La reine quitte la ronde,
A vu l'ami de son cœur;
L'aimait plus que tout au monde,
Et depuis d'amour se meurt.

> — *L'amour fleurit tout au monde,*
> *La Mort fauche toutes fleurs.*

Entre eux deux la joie est telle
Qu'à peine peuvent parler;
Tous deux tremblent, ils s'appellent,
Tous deux tombent expirés.

> *— Fleur de chèvrefeuille est belle*
> *Autant que son coudrier.*

Si se meurt le chèvrefeuille,
Si se meurt le coudrier :
Ainsi Tristan et Yseulde
Moururent de tant s'aimer.

> *— Chèvrefeuille, chèvrefeuille,*
> *Si mon cœur pouvait parler!*

ÉPIGRAMMES
ET
MADRIGAUX

GLOIRE

A Madame Dussane, Comédienne.

> **C'est la corvette.**
> Auber-Scribe (*Haydée)*

   — Entends, poète,
Ce soir est ta fête,
   Ta muse est prête
Et le ciel a dit oui :

   Un vol t'élance
Par l'éther immense,
   Sous le silence
Des astres éblouis;

   Puis tout retombe
Neige, fleurs, colombes,
   Nourrir les tombes
De tes frères ici.

C'est moi, filleule,
C'est l'étoile seule,
C'est ton aïeule,
Qui là-haut resplendit,

Quand sur ta tombe,
Neige de colombes,
Mon baiser tombe
Et ta muse a dit oui :

Une plume tombe.

Ci-gît Maurice du Plessys-Flandre-Noblesse,
Gentilhomme authentique, et poète : ô grands dieux
Vous le savez, dieux purs! en nos soirs de bassesse,
Il aura su rester poète, et noble, et gueux,

C'est-à-dire noble trois fois. Que son exemple
Soit précepte à nous tous qui naissons flamme au poing :
N'oublions donc jamais que l'Art demeure un temple
Où la canaille ou pauvre ou riche n'entre point.

Cimetière Montparnasse : 20 Janvier 1924

A JEAN MORÉAS.

— Amphion de Dircé sur l'actique Aracynthe
A vu sa lèvre close et son pipeau brisé,
Et de tes grands roseaux et de tes lauriers roses,
Eurotas, Eurotas, les plaintes ont cessé,
Mais sur ta lyre, ô Moréas, vient et se pose,
Le frémissant essaim de l'Hymette exilé.

POUR L'ANTHOLOGIE DES ÉCRIVAINS MORTS A LA GUERRE

Nos pauvres morts çà et là qui sommeillent,
Nos pauvres morts qui saura les entendre?
O Thierry Sandre, oh réveille, réveille,
O Thierry Sandre, oh réveille les morts!

Pauvres morts qui tendent l'oreille,
L'heure revient : Debout les morts:
    Chantre de Héro et Léandre,
L'heure remonte, affreusement pareille.
O Thierry Sandre, oh réveille, réveille,
O Thierry Sandre, oh réveille les morts.

POUR CLAUDE DEBUSSY, DÉCORÉ,
Janvier 1900

— De Saint Janvier la dolente légende
    Pour Debussy vient rajeunir :
Une goutte du sang martyr de Mélisande
Saigne à nouveau, descendant te fleurir.

POUR GENEVIÈVE LONGNON
10 Mai 1913

— Elle est née en Pentecôte,
Jeanne d'Arc est son abri :
Les vertus seront son hôte,
Et les dons du Saint-Esprit.

A M. RENÉ PHILIPON

— La flèche traversant deux cœurs
Va jusqu'au ciel et puis retombe,
Et les plus fraîches de nos fleurs
S'épanouissent sur des tombes,
Puis Dieu fait sur toutes douleurs
Descendre un fleuve de colombes.

A VINCENT MUSELLI

— O Vincent Muselli voici l'heure des lampes;
L'argent cerne l'ébène à l'entour de tes tempes,
Mais lui-même le temps, honteux de son affront,
Épaissit aussitôt le laurier sur ton front.

A ALPHONSE MÉTÉRIÉ

Vos vers sont les souples osiers
Où font étoiles les corymbes
Secrets et purs des alisiers :
Métérié, archange des limbes,
Que seriez-vous si vous osiez !

A THÉRIVE

— Le roi Henri m'a donné
Paris et sa rive,
Mais s'il me fallait quitter
Ton bedon, Thérive,
Je dirais au roi Henri :
Reprenez votre Paris,
J'aime mieux Thérive, ô gué,
J'aime mieux Thérive !

AUX FRÈRES LE CARDONNEL

— Menton aigu, nez qui fend l'air,
Moustache de chat en colère,
Georges a tout du mousquetaire ;
Séraphique psaltérion,
Louis avec magnificence
Vibre sous l'aile des Puissances :
Et la voilà donc, l'alliance
Du sabre-z-et du goupillon !

— Dis-nous, Fagus, sous quel prétexte
Tu refuses d'entendre un seul petit morceau
De Valéry? — Du Valéry? moi? quelque sot!
Tant qu'à subir J.-B. Rousseau,
Je l'aime encore mieux dans le texte!

— Quand j'étais petit
Je n'étais pas grand,
J' trouvais du talent
Même à Valéry ;

Maint'nant je suis grand,
C'est encor plus beau :
Je trouv' du génie
Même à Jean Cocteau !

SUR MAURICE BOISSARD

— Cet animal n'est pas méchant :
Quand on l'attaque il se défend.
Par malheur il commence avant.

A M. JOUHANNAUD

Doux rond-de-cuir, chaque aube que fait Dieu lever,
Je fuis l'obscur logis où Lutèce m'héberge,
Priant saint Antoine de Padoue et la Vierge
D'autrement qu'en décombre au soir le retrouver.

Je double l'Institut, où je songe à cuver
L'eau d'immortalité, longe l'auguste berge
Où le Louvre me fait à nos Valois rêver,
Tandis que sur l'eau se dandine un chien crevé.

Par-dessus cinq cents toits l'Hôtel de Ville émerge,
Guêpier des guêpes de vingt révolutions,
Hérissé d'hommes d'armes d'or plantés en cierges,

Et sur son dada de bronze, l'huissier à verge
Étienne Marcel m'arrête de sa flamberge
Et me brandit ma feuille de contributions !

IMPRÉCATIONS A UN LACHE TRANSFUGE

Déplorable Ponchon, qu'as-tu fait de ta gloire?
Tu vas à des croquants qui ne savent point boire
Et chez qui tous pinards prennent goût de bouchon,
Ponchon, Ponchon, Ponchon, déplorable Ponchon!

Le moins moche, Daudet, dessous sa vantardise,
Ne boit les soirs d'hiver, faut-il qu'on te le dise?
Que de l'eau de Janos, et, l'été, de Luchon,
Ponchon, Ponchon, Ponchon, déplorable Ponchon!

Geffroy l'Armoricain n'admet que la tisane :
"Cidre" dit-il, et moi : pur jus de pissat d'âne;
Hennique du Viandox, tout froid, à plein cruchon,
Ponchon, Ponchon, Ponchon, déplorable Ponchon!

Bourges pompe l'orgeat, qu'il dénomme ambroisie,
Et l'Arverne Ajalbert, sa mixture choisie,
C'est bière de Beauvais, puant l'impur torchon,
Ponchon, Ponchon, Ponchon, déplorable Ponchon!

Hument les deux Rosny d'affreux bols funéraires
Recueillis en vos creux, cavernes quaternaires
Qu'arrosa le mammouth, ancêtre folichon,
Ponchon, Ponchon, Ponchon, déplorable Ponchon !

Descaves s'insinue en façon de rogomme
Du lait chaud, très sucré, voire un sirop de gomme,
Où trempe une angélique au vert de cornichon,
Ponchon, Ponchon, Ponchon, déplorable Ponchon !

Tout çà c'est prosateurs : des indignes de vivre.
Si ton Latin Pays tu le fuis pour les suivre,
Tu n'es qu'un renégat, un traître, un noir cochon,
Ponchon, Ponchon, Ponchon, déplorable Ponchon !

Ton estomac sera tout grouillant de grenouilles,
Ton fondement fuira tel les vieilles gargouilles,
Et ton zizi sera pis qu'un tire-bouchon,
Ponchon, Ponchon, Ponchon, déplorable Ponchon !

Que dis-je ? pour les joindre il faut passer un fleuve !
Plein d'eau ! si que pourtant telle horreur ne t'émeuve,
Songe à ta rive gauche, enfant, qui t'y cherchons,
Ponchon, Ponchon, Ponchon d'entre tous les Ponchons !

TABLE

TABLE

RYTHMES ET CHANSONS

ÉPIGRAMMES ET MADRIGAUX

Ce livre, F de l'alphabet des lettres achevé d'imprimer pour la Cité des Livres, le 28 janvier 1926, par Ducros et Colas, Maîtres-Imprimeurs à Paris, a été tiré à 440 exemplaires: 5 sur papier vélin à la cuve "héliotrope" des papeteries du Marais, numérotés de 1 à 5 ; 10 exemplaires sur japon ancien à la forme, numérotés de 6 à 15 ; 25 exemplaires sur japon impérial, numérotés de 16 à 40 ; 50 exemplaires sur vergé de Hollande, numérotés de 41 à 90 ; et 350 exemplaires sur vergé à la forme d'Arches, numérotés de 91 à 440. Il a été tiré en outre: 25 exemplaires sur madagascar réservés à M. Édouard Champion, marqués alphabétiquement de A à Z; et 30 exemplaires hors commerce sur papiers divers, numérotés de I à XXX.

Exemplaire N° 279